Kurzgeschichten

Manches ist wahr

Von Thomas Schwarz

Herstellung und Verlag: BoD – Books on Demand, Norderstedt
ISBN 978-3-7597-3685-7

Für die vergangene Zeit

Und

Auf die Jahre die noch kommen werden

Inhaltsverzeichnis:

72 Stunden munter

Ich erwachte aus einem langen Schlaf, und es würde lange dauern, bis ich mein Bett wiedersehen würde. Kopfschmerzen quälten mich. Ich ging ins Bad, trank etwas Wasser und setzte mich dann auf meine Couch, um mir eine Zigarette zu drehen. Nachdem ich sie angezündet hatte, begab ich mich in die Küche und bereitete mir Kaffee sowie Eier mit Brot als Frühstück zu. Die Minuten vergingen langsam in meiner kleinen Wohnung.

Nach dem Frühstück machte ich etwas Sport und Dehnübungen, bevor ich mir erneut eine Zigarette anzündete. Ich hatte nirgendwohin zu gehen, also blieb ich zuhause. Ich schnappte mir ein Buch und begann zu lesen. Der Roman gefiel mir gut, und so vergingen die dritte und vierte Stunde des Tages. Als ich keine Lust mehr hatte zu lesen, legte ich das Buch beiseite und drehte Musik auf. Stunden vergingen, während ich Musik hörte und nebenbei meine Wohnung auf Hochglanz polierte. In fast jeder Musikrichtung fand ich etwas, das mir gefiel.

Zum Mittagessen genehmigte ich mir meistens einen Whisky und vergaß meinen Hunger, vielleicht auch mich selbst für einen Moment. Der Fernseher dröhnte mir irgendeinen Unsinn in den Kopf, während ich mir noch einen Whisky einschenkte und die Musik leiser drehte. An Schlaf war jetzt nicht zu denken. Ich entschuldigte mich bei meinen Nachbarn, die sich über die laute Musik beschwerten, und drehte leise.

Ich verbrachte den Nachmittag zufrieden damit, Xanor und etwas Kokain zu konsumieren. "Up and down" war meine Devise. So verging die Zeit, und ich hatte genug Energie, um mich zu konzentrieren, aber nicht so viel, dass meine Gedanken zu schnell oder zu langsam waren. Alles war in der Mitte. Noch eine Line Kokain und die Musik wurde lauter.

Es klingelte an der Tür, und als ich öffnete, beschwerten sich meine Nachbarn erneut über die laute Musik. Ich entschuldigte mich erneut und drehte leiser. Dann genehmigte ich mir noch einen Whisky. An Schlaf war immer noch nicht zu denken. Ich schnappte mir eines meiner Lieblingsbücher und begann zu lesen, aber nicht lange, denn ich kannte es bereits auswendig und nichts darin konnte mich mehr bereichern. Traurig, so etwas.

Also griff ich zu meinen Sachbüchern und las darin herum. Draußen war es dunkel geworden. Ich setzte mich ans Fenster, rauchte eine Zigarette und dachte über all die Menschen nach, denen ich bereits in meinem Leben begegnet war. Es machte mich traurig und zeigte mir, wie einsam ich war. Die

Dunkelheit war nicht nur draußen, sondern auch in mir.

Ich nahm ein paar Xanor und schnupfte sie durch die Nase. Dann setzte ich meine Kopfhörer auf und hörte laut Musik. Musik war schon immer mein Freund gewesen. Der Morgen kam, und ich hatte immer noch nicht geschlafen. Es war sieben Uhr morgens, und ich rauchte mir einen Joint an, dabei öffnete ich die Fenster weit. Wieder Kaffee mit Eiern und Brot als Frühstück. Danach versuchte ich, bekifft Sport zu machen, aber das funktionierte nicht gut. Doch das Kokain half mir.

Plötzlich war es Mittag, und ich hatte keinen Whisky mehr. Also ging ich in den Supermarkt und holte eine Flasche. Zuhause angekommen, trank ich bis spät nachmittags und schaute nebenbei fern oder putzte die Wohnung. Die Zeit verging nur so. Jetzt wollte ich, dass die Welt für einen Moment stillstand. Ich hatte noch etwas Acid zuhause. Ich schnappte mir eine Pappe und legte sie auf die Zunge. Nach dreißig Minuten warf ich eine zweite nach. Doppelt hält besser.

Um die Zeit zu vertreiben, bis das Wunder einsetzte, trank ich Whisky und konsumierte noch etwas Kokain. Dann geschah es: Die Wohnung löste sich auf, die Wände drehten sich, und mein Körper gehorchte keinen

Gesetzen mehr. Einmal war ich hier, dann wieder dort, ohne mich zu bewegen. Ich setzte mich ans Fenster und rauchte eine Zigarette, dann noch eine und noch eine. Dabei schaute ich in den Himmel und sah die Sterne, viel zu viele. Es bedrückte mich, und ich wurde traurig.

Mit etwas Bewegung verging das Gefühl wieder, und so fand ich mich draußen auf der Straße spät in der Nacht wieder. Ich spazierte ohne Ziel durch die Gegend. Irgendwann blieb ich stehen und sah einen Fuchs vor mir. Er starrte mich an, und ich ihn. Ich bückte mich, um einen kleinen Stein aufzuheben, den warf ich dann nach ihm. Er erschrak und verschwand in der schwarzen Nacht.

Ich spazierte wieder nach Hause und freute mich, dass ich den Weg nicht vergessen hatte. Ich duschte nur kurz, bevor ich zum Bäcker ging. Sie hatten bereits geöffnet. Ich holte mir Brot und einen Kaffee. Eier hatte ich noch zuhause. Angekommen in meiner Wohnung, gab es Frühstück, Zigaretten und Sport. Nach meinem kurzen Workout war ich müde. Also noch etwas Kokain und ein paar Beruhigungsmittel, damit mein Herz nicht so schnell schlug.

Vom LSD kam ich langsam, aber sicher, herunter. Mein Körper setzte sich wieder zusammen, und meine Wohnung sah wieder aus wie immer. Mittagszeit war Whiskyzeit. Das Trinken fiel mir schwer. Ich war einfach nicht mehr ganz bei der Sache. Ich dachte nur daran, die Musik aufzudrehen und zu putzen, wenn ich nicht gerade trank. Der Vormittag war vorbei, und der Nachmittag auch. Es war Abend. Ich ging in mein Schlafzimmer und legte mich aufs Bett. Es sollte noch zwei Stunden dauern, bis ich einschlief, aber ich kam zur Ruhe.

Junkie

Als Junkie hast du nicht viel, und wenn du krank bist, noch weniger. Junkie zu sein ist nicht schlimm; du machst nur das, was alle anderen auch tun: konsumieren. Die Dinge, die du liebst: Heroin, und noch mehr Heroin. Manchmal Gras und hin und wieder Kokain. Doch du bist und bleibst ein Junkie.

Wenn du jung bist, glaubst du, es könnte ewig so weitergehen, denn du bist jung, und Gott holt nicht diejenigen, die jung sind. Man stirbt in unserer Gesellschaft als alter Mensch. Also, wenn du jung bist, kannst du deinem Körper einiges zumuten. Doch so ist es nicht.

Du bist zwar jung und vital, doch du stumpfst ab. Nichts interessiert dich mehr: kein Sport, keine Gesellschaft. Deine Freunde gehen dir auf die Nerven, deine Schule, vielleicht dein Job, vielleicht deine Familie und vor allem deine Freundin.

Doch so wie es kommt, hast du es nicht erwartet. Die Leute verlassen dich. Du bist alleine mit dir und deinen Drogen. Vielleicht bleibt da nur noch die Lust an der Musik. Musik und Drogen, ein untrennbares Paar.

Alle verlassen dich, und du bist allein. Allein und kaputt. Deine Ex sagt dir, du musst aufhören. Kein Heroin mehr spritzen. Die

Junkies um dich herum fragen, ob du noch etwas hast. Dein kleiner Bruder kennt dich nicht, und deine Mutter hat dich schon lange nicht mehr gesehen. Alles ist kaputt. Du bist allein.

Als Junkie hat man nicht viel, vielleicht andere Junkiefreunde. Ich hatte eine: eine Junkiefreundin. Wir hatten keinen Sex miteinander. Warum auch? Wenn du Heroin hast, ist alles besser als Sex. Doch das ist alles eine Lüge. Lange habe ich gebraucht, um davon wegzukommen, zu lange. Zu lange bin ich den Drogen nachgerannt, zu lange habe ich mich aufgegeben, mich nicht geliebt.

Wenn du Drogen nimmst, ist alles okay. Ist alles gut und cool. Du bist der King. Doch wenn du deine Freunde weinen siehst an deinem Grab und deine Familie verzweifelt ist, ist es nicht mehr okay und cool.

Junkies wollen immer nur das Eine. Sie tun alles dafür: Lügen, Stehlen und Rauben. Ich hatte das Glück, genug Geld zu haben, und musste das nicht tun. Aber korrekt war ich auch nicht. Immer mehr gespritzt und gezogen als die anderen. Nie gerne geteilt. Wer teilt schon gerne den Tod, könnte man sagen, aber es ist wie in der Bar mit dem Alkohol. Wer eine Runde spendiert, gehört dazu. Das wollte ich nie. Ich wollte immer allein sein.

Das alles ist jetzt zehn Jahre her, und ja, jetzt bin ich allein. Niemand ist mehr da, der meine Hand hält. Vielleicht doch ... Mein Therapeut und mein Bruder. Alle anderen sind weit weg und werden mich nie verstehen. Natürlich bilde ich mir das alles ein, denn jeder kann das nachvollziehen. Warum ein normales Leben leben, wenn eine Substanz dich glücklicher macht als alles andere auf der Welt?

Na ja, es ist der Tod. Natürlich müssen wir alle sterben, aber nicht mit 19.

Als Junkie ist es schwer, Liebe zu finden. Als Junkie ist es schwer, die Schule zu beenden. Das alles habe ich und hatte ich. Doch was bleibt, ist nicht viel. Denn ich konnte lange Zeit dem Stoff nicht entsagen. Lange habe ich gebraucht, um davon loszukommen. Und noch heute träume ich von ihm.

Die beste Zeit hatte ich immer auf Drogen, und doch kann ich mich jetzt an nichts erinnern. Mein Leben jetzt ist langweilig, aber ich erinnere mich. Langweilig, weil ich nichts mache: nur dasitzen, Zigaretten rauchen und lesen. Manchmal Whisky trinken und dann laut Musik hören. Näher komme ich dem Himmel nicht mehr.

Wenn du mal dort warst, im Himmel, willst du unbedingt wieder hin. Ich weiß zwar heute nicht mehr, ob es der Stoff war oder die Partys, die Frauen und Freunde, die Jugend und die Unbeschwertheit. Aber ich weiß, es war eine Illusion, ein Traum von einer Welt, die es nur kurz gibt. Nichts bleibt für immer, und irgendwann ist es eben vorbei.

Wenn ich mich zurückerinnere, ist da nicht viel: nur ein Gefühl von mir selbst, wie ich war, wie ich lebte, aber ich kann es nicht genau fassen, denn die Drogen vernichten das Hier und Jetzt. Die Drogen nehmen dir alles.

Einmal Junkie, immer Junkie, sagen die einen. Ja, ich auch. Es ist schwer, wegzukommen von den Substanzen. Doch wenn ich an Sport denke, an Sex und Lesen, an Spazierengehen im Wald, ans Laufen in der Nacht, mit Freunden reden und Musik hören, will ich nie wieder drauf sein. Alles ist weit weg und liegt in meiner Vergangenheit. Nichts von dem, wie es einmal war, ist mehr da. Alles ist weg.

Doch wenn ich schlafe, träume ich von dem Stoff, dem Zeug, das mir den Himmel zeigte. Und so bin ich, was ich bin: ein Junkie.

Bruder

Ich treffe mich früh morgens mit meinem Bruder. Wir besorgen uns etwas Gras und Bier und gehen in den Park. Das Leben ist einfach: gute Gespräche und gute Musik. Wie köstlich das Bier schmeckt, wie köstlich das Gras duftet. Wir sind schon lange verbunden, aber es war nicht immer so. In unserer Kindheit waren wir uns fremd. Doch als wir erwachsen wurden, kamen wir zusammen. Wir trafen uns und feierten zusammen. Die Welt gehörte uns. Diese Zeit, diese eine Zeit, die nie vergeht. Wie im Rausch, wie im Wahnsinn lebten wir. Jetzt sind wir älter und chillen nur noch im Park, nicht mehr auf Raves bis spät morgens tanzen. Er sagt, wir werden älter und einsamer. Ich sage, wir haben doch uns.

Während er blond ist, bin ich braun. Wir sehen uns kaum ähnlich, aber sind gemeinsam aus einem Guss. Unsere Mutter, die wir vergöttern, ist alt geworden. War sie in unserer Kindheit so jung. Sie versuchte immer, das Beste zu geben, doch es war zu wenig, denn unsere Väter fehlten. Ja, wir sind Halbgeschwister. Doch was uns trennte, brachte uns noch mehr zusammen. Wenn es nicht sein soll, reden wir auch einen Monat nicht miteinander, aber wir kommen immer wieder zusammen, im Park, in unseren Wohnungen oder am See. Am See, wo wir so gute Zeiten hatten. Verdammt, hatten wir viel Spaß. Jetzt sind wir beide alt, sehr alt, und spielen Karten, hören immer noch Musik und trinken, rauchen uns um den Verstand. Wenn er weg ist, will auch ich nicht mehr sein. Bin gespannt, wer als Erster geht, ich oder er. Wir sind nicht immer gleicher Meinung, aber nichts trennt uns. Wir haben die gleiche Vergangenheit und viel in der Zukunft gemeinsam gesucht. Gefunden haben wir nur uns beide.

Er hatte es nicht immer einfach, Schule und ein Vater, der für den Arsch war. Ich verrückt und neben der Spur, dauernd auf und ab. Er hat Angst vor Nähe, weiß nicht, warum er gerade mich so nah an sich ranlässt. Aber ich bin dankbar für jeden Moment, den wir gemeinsam haben, haben werden und auch hatten. Mein Leben ist so viel besser mit ihm. Weiß manchmal nicht, was ich tun würde, wäre er nicht da. Brüder. Nur einen hab ich. Allen, die sagen, Bruder gib mal, oder Bruder, ja voll, sage ich bitte nicht Bruder. Hab nur einen. Ich liebe ihn und dich nicht. Vielleicht respektiere ich dich, aber Liebe, nein. Bruder ist heilig. Er ist der Einzige.

Wenn wir beide faltig und alt sind, erkennen wir uns doch wieder, erkennen unsere Kindheit zusammen. Das wird immer so sein. Bin so froh, dass er da ist. Würde mit niemandem lieber chillen, abhängen bei Karten oder Bier im Park oder auf der Terrasse. Er versteht mich vielleicht nicht immer, ich ihn auch nicht. Aber wir lieben einander. Wir wissen, was wir an dem anderen haben. Ein Spiegelbild unseres Lebens. Er ist ich und ich er. Wir sind aus einem Guss. Das kann man nicht verleugnen. Er ist der beste Mann, den ich traf. Wie sehr werde ich dich vermissen, wenn der tiefe Schlaf uns einholt. Werde weinen und nie wieder glücklich sein. Werde alleine trinken im Park sitzen und die Tauben füttern, kiffend alleine beim Kartenspiel. Kann mich so gut an das eine Bild erinnern, das unsere Mutter zu Hause aufgehängt hat, wo wir beide drauf sind, ich mit meinem Arm um dich, und wir beide lachen. Du bist der beste Mensch in meinem Leben.

Wenn wir noch älter werden, weiß ich nicht, was noch kommt. Vielleicht eine eigene Familie, doch vergiss nicht, du gehörst dazu. Bist immer in meinem Kreis. Du bist der Eine, der immer da ist. Als ich im Krankenhaus war, habe ich dich weggeschickt, und das tut mir leid. Doch ich fühlte mich voller Schuld, dabei nimmst du mir nichts übel. Hast mir meine Fehler vergeben und mich so akzeptiert, wie ich bin, mit meiner verrückten Art, mit meinen Ängsten. Kann dir alles sagen, ohne dabei zu denken: Er mag mich nicht. Du bist immer gleich, mit einem Lachen im Herzen. Ich kenne niemanden, der besser ist, niemanden mit einem größeren Herz, niemanden mit mehr Verständnis. Du hast immer gesagt, ich bin verrückt, aber hast es immer positiv gemeint.

Hast mir gesagt, ich bin einzigartig. Hast mir nie das Gefühl gegeben, allein zu sein in dieser grauen Welt. Warst immer da und reißt mich mit deinem Lachen mit. Wenn wir zusammen sind, ist die Welt unsere, und wir fressen sie auf. Sind aber ruhiger geworden mit dem Alter. Beide so alt, dass man von der Jugend erzählt. Beide erwachsen, doch Kinder im Herzen. Wie sehr werde ich dich vermissen, wenn du weg bist. Wie sehr wirst du mich vermissen, wenn ich weg bin. Doch wir sind verbunden und immer zusammen, egal wohin wir gehen. Himmel oder Hölle ist egal, hauptsache, wir denken aneinander. Und ich denke oft an dich, immer im Guten, meistens halt. Wenn wir einen Monat nicht miteinander reden, melde ich mich, oder du dich. Kommen wieder zusammen, und alles beginnt von Neuem. Gehen in den Park, trinken und rauchen. Das Leben ist so schön, wenn ich bei dir bin.

Der Winterabend im November

Katze füttern. Medikamente nehmen. Arbeit. Schlafen und wieder aufstehen. Ich war so müde von all dem. Und ich war seit langem traurig. Traurig, weil ich eine schöne Beziehung zu einer tollen Frau gegen die Wand gefahren hatte. So blieb ich allein für mich und schaute nur noch Pornos und trank am Abend, bis ich einschlief. Einschlief von einem Alkohol-Medikamenten-Mix. Es war nicht mehr viel übrig von dem einstigen Raubtier.

Doch dann traf ich sie. Wir begegneten uns, als ich mit Arbeitskollegen unterwegs war. Meine Kollegen und ich gingen nach der Arbeit in ein Pub und tranken. Das war eine der wenigen Gelegenheiten, in Gesellschaft zu trinken.

Sie war androgyn, und das gefiel mir. Meine frühere Freundin war sehr weiblich, und über die wollte ich nicht viel nachdenken. Im Pub tranken meine Kollegen und ich ziemlich viel. Doch es reichte noch, diese androgyne Frau zu bemerken und nicht im Selbstmitleid und meiner eigenen Kotze zu versinken.

Ich ging zur Bar, und mein Blick blieb bei der einen Frau, die ich mir vornahm, innerhalb der nächsten halben Stunde anzusprechen. Ich hatte mir schon einen guten Spruch zurechtgelegt.

Als ich mein Bier entgegennahm, stand sie hinter mir und fragte mich nach Feuer. Ich schaute sie verwirrt an und sagte ihr, dass man drinnen nicht mehr rauchen dürfe. Sie lachte, nahm mich an die Hand und sagte: "Komm mit."

Wir standen draußen, und ich reichte ihr Feuer. Sie fragte mich, ob es offensichtlich sei, was sie wollte, und warum ich so verwirrt blickte, denn sie habe bemerkt, wie mein Blick immer wieder zu ihr ging, wenn ich in die Runde schaute.

Wir rauchten eine Zigarette, und sie erzählte mir von ihrer Freundin, davon, dass sie bi sei und sich nicht festlegen wollte bezüglich einer Partnerschaft. Sie sagte mir, dass ich traurige Augen hätte und fragte, wer mich so verletzt habe, dass ich trotz allem nicht glücklich schien.

Ich erzählte ihr nicht von meiner letzten Beziehung, nur dass ich mittlerweile lieber trank als Sex und eine Beziehung zu haben. Sie fragte mich, warum ich nicht alles haben könnte: Sex, Beziehung und den Alkohol. Ich war wieder einmal verwirrt. Sie schien mir ein ganz besonderer Mensch zu sein, genau richtig für einen kaputten Menschen wie mich.

Sie sagte immer wieder, ich solle nicht so viel an die Vergangenheit denken oder daran, was morgen sei. Nur jetzt zählt, und ich sollte verdammt noch mal glücklich sein, dass sich eine Frau für mich interessierte, an einem kalten Winterabend im November. Da musste ich das erste Mal lachen.

Wir rauchten drei Zigaretten draußen in der Kälte, und einer meiner Kollegen kam kurz vorbei und fragte mich, wann ich wieder reinkommen würde. Ich sagte ihm, dass ich beschäftigt sei, und drehte mich wieder zu dieser Frau um, die mir wie ein Pinguin vorkam. Dabei war mir nicht klar, ob sie wie ein weiblicher Mann aussah oder wie eine männliche Frau. Man könnte es gar nicht genau beschreiben, egal wie genau man ihre Gesichtszüge untersuchen würde.

Nach einem großen Schluck meines Biers und ihrem Drängen erzählte ich ihr, warum meine letzte Freundin mich verlassen hatte. "Dass sie nicht wüsste, wer sie sei", sagte sie mir damals, "und dass sie sich finden müsste, dass sie vielleicht lesbisch sei und dass ich sie nicht mehr anmache."

Meine neue Bekanntschaft lachte und erzählte mir, dass genug Frauen glaubten, sie seien lesbisch, nur um dann nach einer Nacht mit einer Frau verwirrt am Bettrand zu sitzen und zu sich selbst zu sagen: "Vielleicht bin ich doch hetero." Die wenigsten seien wirklich homosexuell. Sie selbst wusste immer schon, wem sie gefiel, und in dieser Nacht sei ich das, sagte sie mir.

Ich fragte, ob sie so etwas öfter mache, Männer anmachen. Sie lachte und meinte, ich sei mehr Junge als Mann, auch wenn ich schon graue Haare hätte. Meine letzte Beziehung hat mich zwar äußerlich altern lassen, aber den Sex-Durst eines Jugendlichen hatte ich, sagte sie. So was sieht sie in der Art und Weise, wie ich mein Glas mit Bier zum Mund führte.

"Ein letzter geht noch", sagte sie und nahm mich wieder an die Hand, um mich nach drinnen zur Bar zu ziehen. Ich winkte meinen Kollegen, und diese lachten und hoben ihre Gläser.

Wir tranken Whisky, und ich fragte sie, ob sie mehr Beziehungen zu Frauen oder Männern hatte. "Zwei Beziehungen zu Frauen und viele One-Night-Stands mit Männern", antwortete sie.

Ich fragte, ob das mit uns auch ein One-Night-Stand werde. "Two-Nights, wenn ich mich geschickt anstelle", meinte sie. Sie könne mich irgendwie gut leiden.

Ich fragte, was der Ring an ihrem Finger bedeute. Sie sagte, ich solle mir nicht so viele

Gedanken über Semantik machen. Sie sei heute nur eine Frau auf der Suche nach einem Abenteuer.

Das Taxi kam, und wir stiegen ein. Wohin wir fahren, fragte ich sie. "Zu mir", antwortete sie, "denn dort können wir in Ruhe reden, und es gibt auch noch die eine oder andere Flasche Wein." Jetzt sollte ich über Semantik nachdenken, wenn ich wolle, meinte sie.

Eine Frau, die dich mitnimmt, um zu reden und Wein zu trinken, viel offensichtlicher könnte es nicht sein. Ich nickte und stimmte ihr somit zu.

Zuhause angekommen, öffneten wir eine Flasche Wein und tranken. Nach dem zweiten Glas fragte ich sie, wann wir es endlich tun würden. Sie sagte gar nicht, solange ich ihr nicht mehr von meiner Ex erzählte. Dass ich nicht darüber reden wollte, war ihr ziemlich egal. Sie blieb hartnäckig. Aber ich auch.

Ich packte meine Sachen und ging hinaus in die Kälte. Der kalte Wind ließ mich meine Sorgen vergessen, denn es war nichts mehr wichtig, wenn man betrunken und abgewiesen alleine auf der Straße geht, nach Hause, wo nur Medikamente und eine Katze auf einen warteten.

Zuhause angekommen, fütterte ich meine Katze und legte mich dann aufs Sofa. Ich schloss die Augen und dachte an diese burschikose Frau und warum ich so sehr verletzt war in ihrer Gegenwart. Ich war nicht eingestellt darauf, zu reden. Ich wollte nur mal wieder menschliche Nähe spüren. Doch kann man das auch beim Reden miteinander, und vielleicht machte genau das mir Angst. Bei meiner Ex hatte ich nie Angst, weil sie mir, wenn ich genau darüber nachdachte, egal war. Sie war nur gut für meinen Status.

So ein One-Night-Stand würde niemanden interessieren, schon gar nicht, wenn sie nicht sehr hübsch war. Das war sie zwar, aber ich glaube, das konnte nur ich sehen.

Ich hatte es versaut. Ich hätte über meine Ex reden sollen. So hätte ich etwas Last loswerden können, und gleichzeitig hätte ich mir den One-Night-Stand nicht versaut, auch wenn man genau das Gegenteil glauben müsste.

Ich hoffte, ich würde ihr nochmal begegnen und könnte all meine alten Laster loslassen und im Jetzt leben.

Drei Frauen

Wenn du etwas mit drei Frauen hast, gleichzeitig, ist das, sagen wir mal, aufregend. Ich meine drei Nutten. Nicht gleichzeitig, aber alle zwei Tage eine andere. Jede hat etwas für sich. Klar, man muss sie bezahlen, aber so ist das halt. Die eine hat rotes Haar, die andere ist brünett und dann noch der Klassiker: Blond. Jede war auf ihre Art und Weise speziell, nicht nur durch die unterschiedlichen Haarfarben. Es war der Sex. Der war unterschiedlich. Von der einen bekam ich das und von der anderen das. Alles Orgasmen, was sonst. Und sie mein Geld. Man muss nicht besonders freundlich zu ihnen sein. Aber es hilft. Irgendwie hatte ich eine Art an mir, bei der sich die Nutten wohl fühlten. Sie mussten keine Sorgen haben, dass ich ihnen etwas antat, was sie nicht wollten. Wir waren alle auf einer Wellenlänge. Die drei Nutten trafen sich nie, so weit ich weiß. Nicht in meiner Wohnung und nicht im Flur. Nicht vor meiner Wohnung. Höchstens auf der Straße, aber dann würden sie nicht wissen, dass sie alles meine Nutten sind. Die eine lernte ich über so eine spezielle Partneragentur kennen im Internet. Die andere auf der Straße, die Dritte, die Blondine, auf einer Party. Die Blonde war Studentin und hatte nicht viel Geld, aber sie sagte, ich könnte sie ficken, wenn wir das Licht ausmachen und ich ihr 500 zahlte. Ich wusste eh nie, was ich mit meinem Geld machen sollte, also dachte ich, probieren wir es aus. Mittlerweile zahlte ich nur noch 250 Euro, und das Licht blieb an. Sie ist auch nicht mehr so schüchtern wie beim ersten Mal mit mir. Ich wusste nicht, wie viele Kunden sie hatte, und ich fragte auch nicht. Sie war klug und hatte immer etwas zu lachen. Blond, wunderschön und doch eine Hure und kein Model. Wahrscheinlich könnte sie alles haben, warum sie sich dafür entschieden hat, fragte ich nie. Aber ich wusste, wie schwierig es ist, neben dem Studium einen Job zu finden, bei dem man genug verdient. Das mit uns dauerte eine Stunde und war leicht verdientes Geld. Ich verlangte keine absurden Sachen. Ich wollte nicht geschlagen werden oder Masken tragen. Wollte sie nicht schlagen oder irgendwie erniedrigen. Ich wollte Sex. Ich wollte einen Orgasmus. Das ist doch sowieso alles, was wir Menschen suchen. Den letzten dann beim Tod, wenn die letzte Nervenzelle aufflimmert und das Licht ausgeht. Die Brünette traf ich auf der Straße. Ich dachte damals nicht direkt an Sex. Aber es musste so kommen. Sie war die klassische Straßennutte. Sie stand da und rauchte eine Zigarette. Nicht weit weg ihr Zuhälter, und ich nur 15 Minuten Zeit zum Kommen. Als ich öfter dann bei ihr war, fragte ich sie, ob sie nicht zu mir nach Hause kommen wolle, dann, wenn ihr Zuhälter es nicht wüsste. Ich wollte nur eine halbe Stunde bei mir zuhause. Ich würde auch das Vierfache bezahlen. Ihr fehlte es an Geld und Status. So sagte sie ja dazu, und von nun an kam sie zu mir am Sonntagabend. Wir redeten 15 Minuten über ihr Leben in einem anderen Land und in einer anderen Zeit, dann fickten wir. Zum Schluss gab ich ihr immer einen Zettel mit Worten, die sie über sollte, und natürlich ihr Geld. Sie hatte es sich verdient. Die Rothaarige wurde mir von so einer Agentur geschickt, die man im Internet findet. Ich buchte sie für zwei Stunden. Zuerst einen Whisky, dann Sex, dann Mehlspeisen im Bett. Sie war eine wunderschöne Frau. Im Gegensatz zu den anderen war sie etwas älter. Aber nicht zu alt. Genau richtig, um zu wissen, was Männer wollen, was ich wollte. Sie kostete einiges, aber nach dem Sex, bei der Süßigkeit im Bett, redeten wir viel über Gott und die Welt. Sie erklärte mir, dass dieser Beruf genau das Richtige für sie war. So wie die Welt jetzt ist, kann es eine Frau so gut wie nicht schaffen, Macht auszuüben. Bei diesem Beruf hatte sie immer die Oberhand.

So ging das mit den drei Frauen eine ganze Zeit lang. Ich hatte keine Dates mehr. Ich besuchte keine Pornoseiten im Internet. Ich hatte alles, was ich wollte. Wenn es mir zu viel wurde, waren sie schon am Gehen, denn lange dauerten unsere Treffen nie, und es gab immer Sex. Keine Streitereien, kein Drama, keine Frage, was ich am nächsten Tag machen würde. Es war perfekt.

An einem Abend, nachdem die Arbeit hinter mir lag, gingen Kollegen und ich in ein Pub. Wir tranken und lachten. Es waren viele Leute dort. Es war ein Getümmel. Viele schöne Frauen, aber ich hatte ja meine drei. Deswegen weiß ich auch gar nicht, warum ich das tat, was ich tat. Ich sprach eine Frau an. Sie war in meinem Alter und hatte einen Martini in der Hand. Old School, dachte ich mir. Die Lady hat Klasse. Mal schauen, ob ich bei ihr landen konnte. Um Sex ging es mir nicht. Ich hatte genug davon. Ich wollte nur schauen, ob ich auch noch ohne mein Geld mit Frauen so reden kann, dass sie mit mir ins Bett gehen. Wir unterhielten uns eine Weile über ihren Job. Sie war Tierärztin und ich über meinen. Aber hauptsächlich über ihren Beruf. Dann gingen wir vor das Lokal, um eine zu rauchen. Ich dachte mir: Super, eine Raucherin. Man trifft so wenige heutzutage. Es ist scheinbar nicht mehr schick. Aber ich tat es gern, und ja, sie auch. Wir waren auf einer Wellenlänge, und so kam es, dass ich zu ihr mitfuhr. Sie nicht zu mir, ich zu ihr. Das war einmal etwas Neues. Sex kannte ich schon, aber eine neue Wohnung hatte ich schon lange nicht mehr betreten. Sie war schön eingerichtet, mit Büchern, 60er-Jahre-Postern und sonst recht minimalistisch. Als wir eintraten, kamen uns zwei Katzen entgegen. Sie meinte, es seien Kater. Sie könne nicht mit Frauen, die wollen immer nur zicken, und so sehe sie das auch bei Katzen. Wir tranken einen Weißwein und

hörten eine ihrer Lieblingsalben auf einem Laptop.
Dann küssten wir uns. Okay, dachte ich, das hatte ich schon länger nicht gemacht. Natürlich küsste ich hier und da ein Körperteil bei meinen Nuttenbekanntschaften, aber nie den Mund. Ich war aber zum Glück nicht aus der Übung. Ich küsste sie, und sie mich. Es war, sagen wir mal, aufregend. Anders als bei den Nutten, aber doch irgendwie gleich. Sie nahm meine Hand und führte mich in ihr Schlafzimmer. Dort zogen wir uns aus und fickten. Zum Schluss gab es eine Zigarette für uns beide.
Am nächsten Morgen konnte ich es nicht glauben, was ich gemacht hatte. Ich hatte eine Frau aufgerissen. Ich war mit ihr mitgegangen. Vielleicht hatte auch sie mich abgeschleppt. Wer weiß das schon?
Aber noch überraschender war, dass ich am nächsten Morgen nicht alleine aufwachte. Die letzten drei Jahre war das immer so gewesen. Auch wenn ich alle zwei Tage Sex hatte. Ich war immer alleine aufgewacht und um einiges an Geld ärmer. Gestern hatte ich mit dem Taxi, welches wir uns teilten, nur 30 Euro ausgegeben. Kann das immer so sein? Ich weiß es nicht und dachte an diesem Tag nicht mehr darüber nach.

Etwas Zeit verging, und ich besuchte meine Nutten nicht mehr. Besser gesagt, sie besuchten mich nicht mehr. Ich trieb mich viel in Lokalen herum und sprach Frauen an. Ich hatte viel Erfolg. Hier und da eine Abfuhr. Aber sonst kam ich recht günstig zu meinem Bedürfnis nach einem Orgasmus in Gegenwart einer Frau. In einer Frau.

Weitere Zeit verging, und ich dachte wieder an die Brünette. Die Rothaarige an die Blonde. Wie es ihnen wohl ging. Ob sie immer noch dasselbe machten. Ich hatte mich verändert. Ich war wieder im direkten Kontakt zu meinen Mitmenschen. Ich war wieder gesellig geworden und unternahm viel mit Kollegen und natürlich auch mit fremden Frauen.
Doch nach der 13. Frau und dem anhaltenden Jucken in meinem Schritt ging ich zum Arzt. Ich hatte mir etwas eingefangen. Oft war ich betrunken und dachte nicht ans Kondom, wenn ich mit Frauen mitfuhr oder sie zu mir. Meistens waren wir beide gut eingespritzt, und ja, so hatte ich öfters mal ungeschützten Sex. Keine gute Idee, dachte ich und rieb mich im Schritt. Bei einer Nutte wäre mir das nie passiert. Bei einer Nutte gibt’s kein Betrunken sein und Aufs-Kondom-Vergessen. Die achten da sehr drauf.
So drehte ich mich einmal im Kreis und landete nach ein paar Medikamenten wie bei meinen schönen Dreien. Ich dachte auch darüber nach, mir noch eine Vierte zuzulegen.

Wer sagt, Liebe könne man sich nicht kaufen? Man muss sie nur richtig definieren!

Festivalzeit

Festivalzeit. Man schnappt sich ein paar Paletten Bier, etwas Gras und Koks, einen Campingstuhl und ein Zelt. Dazu noch ein paar Dosen Ravioli in Tomatensauce und etwas Bargeld. Die Festivals starten immer gleich: Man steht in der Schlange und wartet auf ein buntes Armband. Dann rennt man los und versucht noch einen guten Platz für das Zelt zu ergattern. Am besten unter einem Baum, um etwas Schutz vor der Sonne zu haben. Wenn es keine Bäume gibt auf dem Gelände, sollte man einen Pavillon auch mitnehmen. Man wirft seine Sachen auf den Boden, macht ein Bier auf und setzt sich auf den Campingstuhl. Das geht eine ganze Weile so. Nebenbei den CD-Player laufen lassen und weiter trinken.

Zelt aufbauen, Bier trinken und dann die erste Runde am Gelände herumgehen. Dabei einen Joint rauchen und Bräute abchecken. Wenn die Campingnachbarn nett sind, kann man auch mit denen reden. Wenn sie das nicht sind, sind sie es sicher nach dem fünften Bier. Wenn man auf dem einen oder anderen Festival war, entwickelt man eine Routine. Die gleichen Leute, das gleiche Futter, die gleichen Drogen. Sogar die Bands wiederholen sich. Meistens wird der Tag bei den Zelten verbracht mit Bier und Gras, und die Nacht bei den Konzerten. Wenn es ein gutes Festival ist, ist so gut wie rund um die Uhr etwas los, wo man hingehen kann, um zu konsumieren. Musik und Drogen.

Wenn man auf einigen Festivals war, ist man nicht nur mit denselben Leuten dort, sondern trifft auch immer wieder dieselben Leute. Da kennt man einen Freund von einem Freund. Der kennt wieder den und jenen. Es ist der ewige Kreislauf, der seit Woodstock wiederholt wird. Jede Generation hat ihre Musik, ihre Drogen, aber die Partys bleiben gleich. Rock und Electronic sind wohl die gängigsten in der heutigen Zeit. Zuerst die großen Bands mit ihren Schlagzeugen und Gitarren, den E-Bass nicht vergessen, und dann die DJs mit ihren Mischpulten und Grooveboxen. Es lässt sich schon recht gut feiern in der heutigen Zeit. Besonders wenn du jung bist, kann man bis spät in die Nacht feiern, und da braucht man so gut wie kein Koks dazu. Das ist die Jugend, die einem Energie gibt, und natürlich der Whisky. Untertags, wenn die Band es nicht bringt, wird beim Zelt getrunken, diskutiert und gelacht.

Am Tag danach wird weiter getrunken, früh morgens. Noch vor 10 Uhr sind 1 Liter Bier im Magen. Es geht weiter, und die Erde dreht sich wieder.
Aber man darf nicht vergessen, so ein Festival kann auch gefährlich sein. Betrunken im Freien einschlafen, verdammt, da kann man

erfrieren. Man kann umgefahren werden von Autos, die dort herumfahren. Man kann sich jede Krankheit holen bei ungeschütztem Sex oder am Klo.
Alles wartet, bis es wieder Abend ist, und die Kotze liegt schon überall herum. Die Bands sind Nebensache. Wenn man auf vielen Konzerten war, hat man viel gesehen, an Leuten, Situationen und Künstlern. Meistens geht man entweder auf Festivals mit Rock und Metal oder auf Electronic, Techno. Die wenigsten gehen auf beides. Sicher hat jeder mal das gesehen und mal das, aber es kristallisiert sich heraus, auf was man mehr steht. Doch sieht man fast überall den Alkohol. Der ist wirklich überall vertreten. Bei jeder Altersschicht und bei jeder Musik. Viele lustige Dinge sind passiert auf Alkohol, aber man kann sich so schlecht daran erinnern.
Irgendwie ist die gesamte Jugend nur eine Erinnerung aus "Will ich nicht wissen" oder "Weiß ich echt nicht mehr"... Party hard!

Grüne Haare

Alles Kind mit grün und orange gefärbten Haaren hat es nicht leicht. Zum Glück traf ich am Bahnhof Gleichgesinnte. Meinen Eltern war es egal, was ich mache. Diese hatten genug Sorgen, jeder für sich. Sie standen kurz vor der Scheidung. Ich blieb dabei außen vor. Die Jungs und ich treffen uns abends bei den Gleisen, tranken Bier und sprühten große A's an die Waggons. Es herrschte viel Freiheit hier an diesem Ort, wo die Nächte immer endlos schienen. Wir kümmerten uns nicht um unsere Zukunft. Wichtiger war es, dass unsere Hunde etwas zu essen hatten. Auch ich nahm meinen Hund von Zuhause mit. Er spielte mit den anderen, während wir redeten, wie man wohl schnell an etwas Geld rankommen könnte. Uns fiel nur Diebstahl ein. Einer aus der Gruppe meinte auch, wir sollten eine Band gründen. Jeder, der ein eigenes Instrument hatte, könnte sich ihm anschließen. Wenn wir Gitarren oder ein Schlagzeug hätten, hätten wir sie doch schon längst verkauft. Er selbst hatte eine Gitarre. Jahre nach diesem Abend hörte ich in einer Lagerhalle spielen. Er hatte es geschafft. Glaube ich zumindestens. Zumindest das mit der Band. Die anderen und ich entschieden uns für Diebstahl. Betteln war auch noch eine Alternative. Wir wussten nicht, wie man einen Raub angeht, und so blieben wir für lange Zeit beim Betteln. Die Menschen waren nett zu uns. Die meisten. Andere schauten uns an und sagten, wir sollten uns einen Job suchen. Ich war erst 13 Jahre alt, mit Arbeit war da noch nichts. Erst nächstes Jahr könnte ich eine Lehre beginnen und mir etwas Geld verdienen. Ein paar andere der Gruppe waren älter und könnten arbeiten, aber sie waren nicht so angepasst. Sie hatten kein Hemd und keine Krawatte. Nur Metall in der Nase und Ohren. Manche hatten sogar Tattoos. Ich selbst hatte nur meine bunt gefärbten Haare. Ich bekam etwas Taschengeld von meinen Eltern und teilte es in der Gruppe immer auf, damit auch jeder, besonders die Hunde, etwas zum Essen hatte. Oft kam es vor, dass wir von Bahnhof zu Bahnhof fuhren. Wir wurden von dem einem vertrieben und fuhren zum nächsten. Die Polizei mochte uns nicht, und irgendwie beruhte es auf Gegenseitigkeit. Die Polizei sah in uns nur Unkraut der Gesellschaft, das sie herausreißen musste. Dabei waren wir sehr sozial, zumindest untereinander. Für den Rest der Welt hatten wir nicht viel übrig. Nicht für unsere Eltern, Krawattenträger, Aktenkofferschlepper und natürlich Regierung, Staat und Polizei. Wir waren die Kinder, die keiner wollte. Oder für die zumindestens keiner Zeit hatte. Waren wir glücklich? Manchmal. Wenn es regnet und du bei den Gleisen am Bahnhof herumlungertest, dich versteckst in einem Waggon und du den Regentropfen hörst und die Kälte spürst, dann bist du lebendig. Eine Zigarette und ein Bier waren auch nicht schlecht. Aber ich rauchte nicht. Die meisten rauchten kaum. Ihnen fehlte das Geld dafür. Hier und da kam einer mit einer Packung vorbei und teilte sie auf. Ich nahm nie eine, und so blieb mehr für die anderen. Beim Bier konnte ich aber nicht nein sagen. Ich war erst 13 Jahre alt und sah nochmal 2 Jahre jünger aus. Ich würde nie Bier kaufen können, solange ich nicht das richtige Alter erreicht hatte. Somit waren das die einzigen Gelegenheiten, an Bier zu kommen.

An einem Abend kamen eine Gruppe Mädchen zu uns ans Lagerfeuer, das wir gemacht hatten, bei einem Wald am Stadtrand. Hin und wieder suchten wir diesen Wald auf, denn gleich in seiner Nähe war eine Suppenkantine. Dort ließen wir es uns gutgehen. Die Mädels bewunderten unser Lagerfeuer. Eine davon war Kathi, sie war eine kleine, dünne Rebellin mit einem Piercing in der Zunge und violett gefärbten Haaren. Sie setzte sich genau neben mich und fragte nach einer Zigarette. "Ich bin kein Raucher", sagte ich. "Du bist anders", sagte sie, "so etwas erkenne ich gleich." Natürlich war ich anders. Meine Eltern hatten viel Geld. Wir wohnten in einer großen Maisonette. Uns ging es auf den ersten Blick sehr gut. Wir gehörten zu den besser Gestellten in der Gesellschaft. Mein Zimmer war riesengroß, und mein Bett superangenehm. Doch war ich dort schon lange nicht über Nacht geblieben. Hin und wieder ging ich nach Hause, um mein Taschengeld abzuholen, etwas zu essen zu klauen und um mich zu duschen. Kathi kam aus dem Gemeindebau. Ihre Eltern waren beide arbeitslos. Sie hatte nicht viel. Und sie hat es sich nicht ausgesucht, so wie ich. Ich war freiwillig auf der Straße jeden Abend. Kathi musste von Zuhause weg, wie sie oft betonte. Ich wusste zwar nicht, bei welchem meiner Elternteile ich leben würde nach der Scheidung, aber ich wusste, finanziell war für mich gesorgt. Meine Großeltern hatten eine beträchtliche Summe Geld zur Seite gelegt, welches ich mit 18 Jahren ausbezahlt bekommen würde. Dann könnte ich für alle sorgen. Jeder von uns hätte Bier und Zigaretten im Übermaß, und die Hunde von uns hätten alle genug zu essen. Ich würde ein Fest veranstalten. Doch wie würde die Gruppe reagieren, wenn ich auf einmal mit so viel Geld daher käme? Dass ich es geklaut habe, würde keiner glauben, denn wir haben schon längst gesehen, dass wir dazu nicht in der Lage wären. Also wie sollte ich es erklären? Ich hatte aber noch 5 Jahre Zeit, mir darüber Gedanken zu machen. Kathi würde ich neue Haarfärbemittel kaufen, damit sie ihren blonden Ansatz nachfärben konnte, und ich würde sie fragen, ob sie mit mir zum Rummelplatz mit jeder Attraktion fahren wollte. Ich stellte mir das Leben mit Geld besser und einfacher vor. Doch die Freiheit lag wohl eher bei dieser Gruppe von Ausgestoßenen. Ausgestoßen aus dem Elternheim und der Gesellschaft. Irgendwie gehörte ich nicht ganz dazu. Kathi erkannte das sofort. Ihr war klar, dass ich anders war. Wir unterhielten uns lange, und es schien mir so, als würde sie immer mehr den reichen Jungen in mir sehen. Diesen Jungen, den ich so gut wie möglich verstecken wollte. Es passierte, dass Kathi und ihre Freundinnen immer mehr bei uns herumhingen. Mir war das ein bisschen unangenehm. Erstens, weil ich Kathi sehr fesch fand, und zweitens, weil ich nicht wollte, dass jemand herausfindet, dass ich aus einem reichen Elternhaus kam. Kathi erzählte davon, wie schwierig es jedem Winter wird, irgendwo unterzukommen. Sie wollte auf keinen Fall nach Hause. Der Winter stand vor der Tür. Es würde nicht mehr lange dauern, und die Temperatur fiel unter null Grad Celsius. Unsere kleine Gruppe verteilte sich in der Stadt. Jeder hatte für sich einen Platz für den Winter gesucht. Im Sommer würden wir wieder zusammen sein und abhängen. Doch im Winter seien die Plätze, die es gibt, einfach für zu wenige ausgelegt. Kein Platz für die ganze Gruppe. Ich versuchte Kathi irgendwie zu finden. Ich hatte sie auch schon länger untertags am Bahnhof nicht mehr betteln gesehen. Ich fragte ein Mädchen, bei dem ich hoffte, mit ihr herumgehen zu sehen, wo sie sei. Sie wusste es nicht. Ich machte mir Sorgen. Laut Medien sollte es der kälteste

Winter seit 5 Jahren werden. Ich hoffte, sie sei gut untergekommen. Ich selbst war abends jetzt wieder immer zu Hause. Wir hatten eine Zentralheizung und Bodenheizung. Ich rannte immer barfuß herum. Ich dachte viel an die anderen und wie es ihnen so ging. Wir müssten als Gruppe nur noch ein bisschen durchhalten, dann bekäme ich das Geld meiner Großeltern, und wir könnten alle schön leben. Hin und wieder besuchte ich die anderen in ihren Unterkünften und teilte mein Taschengeld mit ihnen. "Ich sei gut im Betteln", meinte diese dann nur. Doch Kathi fand ich nie. Ich suchte die beliebtesten Plätze ab und erkundigte mich bei den anderen. Doch keiner hatte sie gesehen. An einem Abend, wo es besonders kalt war, stieg ich gerade aus der U-Bahn aus und sah sie liegend auf einer Bank. Ihre Haare waren immer noch violett, und sie schien zu zittern. Ich ging zu ihr hin, half ihr auf und brachte sie zu mir. Sie war älter als ich, aber nicht schwerer, somit schaffte ich es, sie in ein Taxi zu setzen und zu mir zu bringen. Bei mir angekommen, zitterte sie immer noch. Sie war müde und schwach. Ich legte sie in mein Bett und deckte sie zu. Ich selbst legte mich mit meinem zweiten Bettzeug neben sie auf den Boden. Am nächsten Morgen wachten wir circa gleichzeitig auf. Sie schaute sich im Zimmer um. "Ich wusste gleich, dass du anders bist", sagte sie. Ich verstand dieses Anderssein nicht. Waren wir Straßenkinder denn das nicht alle?

Heldin

Es gibt nur einen Helden für mich: Meine schöne Göttin, Schmerzmittel. Und davon brauchte ich genug, denn mein Rücken tat mir weh. Ich besorgte mir den Stoff früher bei den Besuchen bei meiner Großmutter, später bei meinem Vater und irgendwann dann auf der Straße. Zum Schluss dann in der Klinik. Ich weiß nicht mehr, wie es dazu kam, dass ich solche Rückenschmerzen entwickelte, dass ich kaum gehen, sitzen oder liegen konnte. Es waren wohl unterdrückte, vergessene Gefühle. Gefühle, das ist alles, worüber geredet wird in Therapie. Wie ich mich fühle? Wie ein Rücken mit Schmerzen. Da ist nicht mehr viel von mir da, wenn ich den Schmerz spüre. Deswegen fing ich mit den Suchtmitteln an. Alles selbst verschrieben. Ich bin mein eigener Arzt. So wie ich auch mein eigener Vater und meine eigene Mutter bin. Nur um meine Geschwister tat es mir leid. Ich beklaute sie. Lange Zeit verkaufte ich ihre Sachen auf dem Schwarzmarkt bei anderen Junkies. Alles für meine Heldin, Heroin. In der Schule wurden meine Noten immer schlechter. Ich war auch kaum noch anwesend. Geistig und körperlich. Aber eines war gut. Sehr gut sogar. Ich spürte meine Rückenschmerzen nicht. Alles war leicht in mir. So sollte es immer sein. Vor 20 Jahren habe ich damit angefangen, mich selbst zu therapieren. In der Klinik habe ich dann gelernt, weg zu kommen von der Göttin, aber die Rückenschmerzen kamen wieder. So dauerte es nicht lange, als ich wieder draußen war. Wieder einmal hatte sie mich im Griff. Aber lieber das als den Schmerz. Lieber ein kurzes Leben als ein langes mit Schmerzen. Die Ärzte in der Klinik meinten, ich würde jung sterben. Ich würde mir mein Leben versauen. Ich würde den falschen Umgang pflegen, und es gebe für alles eine Lösung. Doch für anhaltenden Schmerz gab es kein Rezept außer halt Schmerzmittel. Ich konnte noch so viele Gruppensitzungen beiwohnen, aber der Schmerz blieb. Ich war eine Zeit lang clean. Ich ging arbeiten. Ich redete mit meiner Familie. Ich entschuldigte mich für die ganzen Diebstähle. Sie verziehen mir, denn ich war krank. Suchtkrank, sagten sie. Ich natürlich sah die Sache etwas anders. Ich war schmerzkrank. Es trieb mich zum Mittel dagegen. Wieder war ich dann auf der Straße, um zu stehlen und zu verkaufen. Zu kaufen und zu konsumieren. Ruhe zu finden und den Körper nicht spüren. Natürlich musste man immer aufpassen auf die Polizei. Alle waren nervös, wenn es zu einem Deal kam. Die Verkäufer und die Käufer wollten nicht erwischt werden. Drei Monate vor meinem ersten Klinik-Aufenthalt wurde ich erwischt, beim Herumlungern mit meiner Heldin auf der Straße. Das war dann auch der größte Anstoß für meine Familie, mich in die Klinik zu schicken. Kalter Entzug im Gefängnis hätte ich nicht überlebt. Dort bekommst du zwar auch etwas gegen die Kälte. Aber in der Klinik bekommst du mehr und wirst langsamer entwöhnt. Ich ging also freiwillig. Irgendwie. Es machte mich traurig, wie meine Familie mich sah. Sie sahen nur den netten kleinen Jungen, der andauernd falsche Entscheidungen trifft. Ich selbst sah mich nur als einen Schmerz. Als einen Nagel im Fuß. Auch wenn es der Rücken war, der mir eigentlich weh tat. Es ist schwierig zu bestimmen, mit welchen Leuten ich mich auf der Straße traf, um den Stoff zu bekommen, denn leider hatte mein Gedächtnis nachgelassen durch die Substanz. Ich schlief viel und war oft geistesabwesend. Doch ich war glücklich. Warum sollte man mir dieses Glück nehmen? Doch die Klinik gab mir Techniken, um davon wegzukommen. Wenn du aber selbst nicht wegkommen willst von dem Zeug, dann bleibst du drauf. Es dauerte keine zwei Stunden, nachdem ich die Klinik verlassen konnte, und ich mir wieder die Nadel in den Arm stach. Das Gericht konnte mich nicht ewig dort einsperren, und meine Familie auch nicht. Die Gedanken wurden leise, und der Schmerz in der Seele verschwand. Mein Körper war wieder leicht. Aber meine Geldbörse leer. Ich musste irgendwie an Geld kommen, aber ich konnte nicht arbeiten. Ich hatte meine Schulausbildung nicht abgeschlossen. Wie auch. Ich war immer auf einem anderen Planeten. So kam es, dass ich abends auf der Straße mich anbot. Es war eine

Kurzschlussreaktion. Ich entschied mich dafür, weil es gutes, leicht verdientes Geld war, und ich so oder so alles ganz vergessen konnte. Natürlich nur mit der Heldin.
Meine persönliche Göttin. Das erste Mal war noch schlimm, das zweite Mal war ich noch drauf und nicht wie beim ersten Mal schon nahe am Ausnüchtern. Beim dritten Mal fühlte ich mich schon wie ein Profi, auch wenn ich nicht viel fühlte. Auch nicht meine Rückenschmerzen. Es dauerte kein halbes Jahr, und ich wurde wieder auf gerichtliche Anweisung in eine Klinik gebracht. Es war mir egal, denn da war nicht mehr viel in mir. Nicht mehr viel, was sich gegen die Außenwelt wehrte. Ich war nur noch ein Schatten meiner selbst. Falls es je so etwas wie mein Selbst gab. Ich fing früh an mit den Substanzen, und ich würde es auch früh beenden. Irgendwann geht nichts mehr, und du hast nur dieses Verlangen in dir. Diesen stillen, bösen Begleiter, der dir ins Ohr flüstert: "Ich rette dich." Und du glaubst ihm, denn da ist niemand anderer mehr. Alle haben sich längst von dir abgewandt und sind gegangen. Haben dich liegen lassen mit der Nadel im Arm. Nicht mal die Rettung gerufen. Nicht geschaut, ob du noch atmest. Aber da ist noch Leben in dir, und wenn es nur der Schmerz ist, den du lange verflucht hast und versucht hast zu unterdrücken. Er ist da, und auch ein Begleiter. Die andere Seite der Münze. Somit habe ich die Münze geworfen und geschaut.

Besser gesagt, mich entschieden. Ich war jetzt das zweite Mal in der Klinik und wusste, wie alles lief. Ich wusste, wie schwer es sein würde, draußen zu leben, ohne eine Göttin. Mit dem Schmerz. Aber ich wollte es machen, wenn nicht für mich, dann zumindest für mein Geschwister. Meine Arme waren vernarbt, und ich war dünn wie ein Laufstegmodel. Ich hatte so gut wie keinen Hunger, und als der Schmerz zurückkam, noch weniger. Die Substanzen kamen langsam aus meinem Körper heraus, und ich fühlte wieder. Da war nicht viel Gutes, was ich fühlte. Hauptsächlich Rückenschmerzen. Ein Jahr war ich in der Klinik, und ich verließ sie. Etwas dicker und viel nüchterner. Ich bekam noch eine kleine Menge Schmerzmittel gegen den Entzug und wurde hinaus in die Welt geschickt. Meine Familie wartete auf mich. Freunde hatte ich keine. Nur Junkiefreunde. Also blieb ich bei meinen Eltern zu Hause. Ich las viel und spielte Gitarre. Gitarre spielen hatte mein Vater mir schon versucht beizubringen, als ich schon ganz klein war. Ich hatte nie die Ausdauer, mich mit so etwas zu beschäftigen. Jetzt war alles anders. Ich war clean und hatte Zeit. Mein Rücken ließ mich fast in Ruhe, nur hin und wieder schmerzte er. Aber ich hatte noch diese winzige Menge Painkiller. Ich suchte mir einen Job und bekam einen am Bau. Es war körperlich anstrengend, aber das stählte meinen Körper, und es wurde auch Rückenmuskulatur aufgebaut. Die in der

Klinik sagte mir, das wäre wichtig für mich und meine Rückenschmerzen. Alkohol hatte ich nie gern getrunken, aber ich ging trotzdem mit meinen Kollegen ins Pub auf einen Sprung. Ich lernte dort eine Frau kennen. Sie war nett, gepflegt und intelligent. So eine Frau hätte mich früher nie angeschaut, und ich hätte es ihr nicht übel genommen, denn auch ich hielt nicht viel von mir. Wir verliebten uns und wurden ein Paar. Wir zogen zusammen in eine kleine Wohnung und waren glücklich. Jetzt hatte ich eine neue Göttin. Die Tage vergingen, und aus Tagen wurden Wochen. Wir waren jetzt ein Jahr schon zusammen, und ich war mittlerweile ganz weg von den Schmerzmitteln. Mein Rücken schmerzte kaum noch. Es lief alles gut. Meine Freundin fuhr immer mit dem Auto zur Arbeit. Sie arbeitete meistens spät nachts. Eines Abends, und ich weiß noch, dass es leicht schneite, läutete es an der Tür. Ich machte auf, und die Polizei stand vor der Tür. Ich bekam einen Schreck. Ich verstand nicht viel. Es viele Worte wie Auto. Betrunken. Unfall. Tödlich. Ich machte die Tür zu und ging ins Schlafzimmer. Ich öffnete meine Sockenschublade und holte den Verlobungsring heraus, den ich vor zwei Wochen gekauft hatte. Ich verließ die Wohnung und ging zum nächsten Pfandleiher. Der Ring brachte mir nicht viel, aber genug für meine Pläne. Es dauerte nicht lange, und meine Heldin floss mir durch die Venen. Durch den Körper, bis alles weg war. Bis ich weg war.

Man fand mich am nächsten Morgen. Mit Schnee teilweise bedeckt und tot. Die Spritze noch im Arm. Ich hinterließ ein paar Klamotten, ein paar Bücher und CDs. Und eine leere Ringschatulle, die ich dabei hatte, in der Gasse, in der ich mir den goldenen Schuss setzte. Meine Rückenschmerzen waren jetzt kein Problem mehr. Vielleicht waren es diese nie. Sondern, wie ich jetzt glaube, der Schmerz im Herzen.

Ich hatte es nicht geplant

Ich hatte es nicht geplant. Ich war manisch und paranoid. Als mir das erste Mal in den Sinn kam, dass etwas nicht stimmte, war alles schon zu spät. Ich war eingesperrt in der Psychiatrie und auf so vielen Beruhigungsmitteln, dass ich nur sabberte. Ich gestand mir ein, dass ich in letzter Zeit nicht immer alles richtig gesehen habe. Zum Beispiel war da ein Abend mit meiner Freundin, an dem wir feierten. Es war mein Geburtstag, und ich hatte etwas Koks und einen Acid im Kopf. Die Leute unterhielten sich und lachten, dabei konnte ich mich nur fragen: Was wollen die alle hier? Klar, es war meine Party. Ich hatte sie eingeladen, aber warum waren sie hier? Mochten sie mich wirklich oder schauten sie nur, wie weit ich mich noch zum Abgrund bewegen kann, ohne zu fallen?

Meine Freundin unterhielt sich mit ihrer besten Freundin, und ich dachte nur: Will sie mich für die da verlassen? Ich war sehr eifersüchtig. Und ja, auch paranoid. Ich trank einen Cocktail und rauchte eine Zigarette vor dem Lokal. Eine gute Freundin von mir kam raus auf die Straße und versuchte, mit mir über irgendetwas zu reden, aber ich wusste nicht, was sie wirklich sagen wollte. Ich dachte die ganze Zeit nur daran, sie zu vögeln und gleichzeitig die Beziehung zu meiner Freundin zu beenden. Es kam nicht dazu. Zu nichts von dem. Meine Freundin verließ mich nicht, und ich vögelte auch keine andere. Wir blieben ein Paar, auch nachdem ich in der Psychiatrie lag.

Als ich etwas zugänglicher wurde und runter war von den ganz starken Beruhigungsmitteln, erinnerte ich mich an eine Nacht. Ich war alleine zuhause. Meine Freundin ging mit ihrer besten Freundin auf eine Party. Dieses Mal war ich nicht eifersüchtig. Zumindest redete ich mir das ein. Ich machte mir einen Whisky Soda, dann noch ein Bier auf und trank beides nebeneinander sehr schnell runter. Zigarette und laute Musik durften auch nicht fehlen. Ich hatte so viel Energie, dass ich erst einmal etwas Sport machte. Sit-ups, Liegestütze und etwas Seilspringen. Danach holte ich mir auf einem richtig schlechten Porno einen runter. Noch eine Zigarette und noch einen Whisky pur.

Ich wusste nichts mit meiner Zeit anzufangen. Die Gedanken wurden immer schneller, und ich fühlte mich gut. Stark und klug. Ich ging auf die Straße raus und fing zu laufen an. Ich weiß nicht genau, wie lange ich lief, aber als ich fertig war, ging die Sonne auf. Und da kam mir einer dieser Gedanken. Einer der meinen Weg in die Psychiatrie begleiten sollte. Es war eine Mischung aus Angst und Gewissheit, die diesen Gedanken erschaffen hatte. Ich war mir sicher, die Menschen um mich herum würden immer wieder ausgetauscht von Doppelgängern. Nur ich war eine Konstante. Nur ich hatte Beständigkeit. Nur ich konnte alles wieder ins Lot bringen. Ich musste durchhalten und den Trick nicht aufgeben. Immer so tun, als wäre alles in Ordnung mit der Welt. Ja, ich war paranoid. Mit einem Hauch von Manie.

Ich war mir meines Körpers bewusst, aber den anderen schrieb ich ihren ab. Am Anfang war dieser Gedanke noch sehr lustig: Sex immer wieder mit einer neuen zu haben, die genau weiß, wie du es gern hast. Immer denselben Namen sagen können. Ja, es hatte auch seine guten Seiten. Doch auf der Uni, wo ich eingeschrieben war, obwohl ich schon längst nichts mehr machte außer hin und wieder in Vorlesungen zu schlafen, war es komisch. Ich sah die Professoren und hatte danach wieder vergessen, dass ich sie kannte und sie mich. Ich tat so, als wäre ich unsichtbar für die Menschen. Nur für meine Freundin war ich es nicht. Auch wenn ich sie nicht richtig wahrnahm. Aber ich war mir sicher, für sie wäre ich immer der Selbe, eine Konstante.

Die Tage vergingen. Die Wochen auch, und ich fühlte mich mal besser, mal schlechter. Verwirrt, mit zu viel Energie und zu schnellen Gedanken. Immer natürlich auch auf den nächsten Rausch bedacht, um mich zu beruhigen. Heroin half, Alk auch. Acid nahm ich nicht mehr so viel und Kokain auch nicht. Ich war die ganze Nacht munter und vögelte meine Freundin durch, bis sie sagte, sie könne nicht mehr, oder ich machte Sport. Kommt wahrscheinlich aufs Selbe hinaus. Doch dieser Gedanke mit der Welt, dass etwas nicht stimmte, kam immer wieder. Mal war es gut und lustig, mal war es schlimm und erschreckend. Doch anstatt einzugestehen, dass ich langsam, aber ziemlich sicher verrückt wurde, machte ich weiter. Ich war davon überzeugt, alles war gut, und ich konnte meinen Gefühlen und Gedanken vertrauen. Ja, normalerweise kann man das auch sehr oft in seinem Leben. Zu diesem Zeitpunkt in meinem Leben konnte ich es nicht, aber ich dachte: Was solls? Wird schon stimmen.

In der Klinik konnte ich zur Ruhe kommen, aber erst, nachdem ich mit der Polizei reingebracht worden bin und unter Beruhigungsmitteln stand. Man sollte sich nie mit einem Manischen anlegen. Die schlagen sich, bis nichts mehr übrig bleibt. Es gab nicht mal ein Grund für die Schlägerei. Ich war halt paranoid. Ich dachte an einem Abend, wo eigentlich alles gut zu laufen schien, dass meine Freundin am Klo einer Kneipe einem Typen einen geblasen hat. Stimmt natürlich nicht. Sie hatte mit dem Typen nicht mal geredet. Sie kamen nur zur selben Zeit aus der selben Richtung. Er vom Klo, sie von der Bar.

Ich schlug auf ihn ein, bis nur noch Knochen auf meinen Knöcheln zu sehen war. Keine Sorge, er lebt noch, und ich musste ihm eine ordentliche Summe Schmerzensgeld bezahlen. Die Polizei brachte mich in die Psychiatrie, mit Handschellen. Meine Freundin fuhr mit einem Taxi hinter mir und der Polizei her. Angekommen und die Handschellen los, schlug ich gleich wieder um mich. Ich traf einen Polizisten ins Gesicht, und der war gar nicht erfreut. Darauf folgte die weiße Weste. Zwangsjacke auch genannt.
Zum ersten Mal seit Wochen oder Monaten fühlte ich mich sicher. Es fühlte sich gut an, so festgehalten zu werden. Auch wenn es nur eine Zwangsjacke war. Die Tage vergingen in der Psychiatrie, und ich redete mit niemandem. Ich war glücklich und endlich angekommen. Ich war frei, konnte alles tun, was ich wollte. Natürlich nur in Gedanken. Dort lebte ich 6 lange Wochen lang, nur in meinem Geist, und sabberte vor mich hin. Und ja, auch unter so vielen Glücksbringern oder auch Opiaten genannt, fing mein Geist an zu arbeiten. Zuerst dachte ich, die Welt sei verrückt. Dann die Menschen um mich herum seien verrückt. Alles stimmte hier nicht. Nichts war am richtigen Platz. Alles war falsch. Nur die Besuche meiner Freundin genoss ich sehr. Sie hielt meine Hand und las mir Kurzgeschichten vor. Ich träumte dabei nur weiter.

Doch dann, nach 6 Wochen, begriff ich, ich war es, der falsch war. Ich und mein Leben. Diese Energie in meiner Seele, diese paranoiden Gedanken. Alles, was ich war, stellte ich in Frage. Normalerweise wird man dadurch erst verrückt, aber bist du es schon, funktioniert es auch in die andere Richtung. Ich wurde wieder zurechnungsfähig. Warum ich das jetzt alles erzählt habe, ist doch klar, oder? Ich will, dass du nicht die gleichen Fehler wie ich machst, mein liebes Kind. Deine Mutter und ich sind immer noch vorsichtig, wenn ich mal sehr gut gelaunt bin. Denn die Manie steigert das Glück, auf eine beängstigende Art und Weise. Die Gedanken werden schnell und wirr. Ja, liebes Kind, ohne deine Mutter hätte ich es nicht geschafft. Zu dem Zeitpunkt, als ich eingeliefert wurde, war sie schon schwanger. Sie wollte dich behalten, und ich sage es ganz ehrlich, ich hatte keinen Gedanken dazu oder eigentlich doch irgendwie, aber halt hunderte und keiner ganz ausformuliert.

Ich bin froh, wie es kam. Wir bekamen dich, und wir wurden eine Familie. Doch aufpassen ist angebracht. Deine Mutter hat dabei doppelte Arbeit, denn sie passt auf dich auf und manchmal auch auf mich. Ich passe natürlich auch auf dich auf, aber anders. Ich kann das nur durch meine Schreiberei. Wenn du meine Geschichten liest und lernst, wie ich denke, mich kennenlernst. Anderes geht es nicht. Denn irgendetwas ist noch immer bei dem Typen, den ich niederschlage, bis nur noch Blut auf seinem Gesicht zu sehen ist. Manchmal war ich es selbst, der sich niederschlägt, manchmal ein Fremder, der von deiner Mutter etwas will. Und wenn ich daran denke, dass dir etwas passieren könnte, werden Gedanken auch schnell und von höllischer Wut und Angst angetrieben. Liebes Kind, dein Vater liebt dich. Es ist nur sehr abgefuckt. Doch mit deiner Mutter habe ich einen Lotto Jackpot getroffen. Und du, mein Kind, wirst immer in meinen Gedanken das sein, was mich befreite. Befreite aus der Psychiatrie, denn als deine Mutter es mir sagte, fing ich wieder an zu reden. 6 Wochen lang hielt ich den Mund und träumte vor mich hin, doch als deine Mutter mir sagte, sie sei schwanger, sagte ich nur: Ich liebe dich und unser Kind! Ich will, nein, ich werde wieder gesund werden. Das ist jetzt viele Jahre her, und ich fühle mich gesund. Du und deine Mutter geben mir Halt. Denk immer daran, dein Vater liebt dich so sehr.

Musik; Drogen; Jugend

Wenn man jugendlich ist, ist es ganz normal, dass man sich zu irgendeiner Jugendbewegung dazugehörig fühlt. Ist es Punk oder Skate, Hip-Hop oder Elektronik. Als ich jung war, habe ich angefangen, Hip-Hop oder auch Rap zu hören. Schwarze Gangster-Rapper aus den USA, auch den einen Weißen. Niemand konnte damit etwas anfangen. Ich saß im Bus mit meinem CD-Player und Kopfhörern und hörte Musik, Tag ein, Tag aus. Zuhause bewegte ich meine Arme vor dem Spiegel zur Musik und versuchte auf Englisch mitzurappen. Es war armselig, aber es machte Spaß. Doch irgendwie fand ich keine Gleichgesinnten. Die anderen hörten Teenie-Gruppen oder gar nichts.

Ein, zwei Jahre später hörte ich dann Punk, Grunge und Metal. Ich hatte bunte Haare und Lidschatten, einen Irokesen und Nietenarmbänder. Da gab es das eine Mädchen, das auch so drauf war. Aber sonst kannte ich niemanden. Sie selbst hatte viele Freunde, die auch so drauf waren, aber ich? Ich war allein, zu zweit einsam. Aber nur von meiner Seite aus. Sie kannte ja genug Punks, Metalheads. Warum fand ich keinen Anschluss? Was war nur los? Die Jahre vergingen, und wir waren auf vielen Partys, tranken Bier oder Cola-Rot, kifften und koksten etwas. Jahre später sollte ich auch mit ihr eine gemeinsame Heroinkarriere haben, aber ich kannte keine Junkies außer uns beiden. Sie hatte selbst da auch Freunde. Soweit man da von Freunden reden kann. Was ich nicht glaube.

Wir trennten uns, und ich entdeckte die elektronische Musik für mich. Aber die falsche Art davon. Hardtek. Nicht dieser Disco-Einheitsbrei. Ich war nicht schick angezogen und ging mit fünf Freunden und 10 Mädels in eine Diskothek. Ich war auf illegalen Raves. Wir trafen uns alle dort, kurz vor oder nach Mitternacht, in irgendeiner Lagerhalle. Ich hatte auch eine neue Freundin, die auch so drauf war. Sie stand voll auf die Musik, und ich liebte es, ihr beim Tanzen zuzusehen. Ihre komischen Freunde mochte ich nicht so sehr. Eben, weil ich sie für komisch hielt. Wieder einmal war ich allein oder zu zweit einsam.

Wie kommt es immer nur, dass ich nicht den Anschluss finde zu anderen Menschen? Manchmal will ich das wirklich, und ja, es stimmt, oft will ich es nicht. Aber hin und wieder wäre schön. Meine Freundinnen hatten immer einen großen Bekanntenkreis. Ihnen fiel es auch immer leicht, andere Menschen kennenzulernen. Ich weiß nicht einmal, wie ich meine Freundinnen kennengelernt habe. Man kann sich nicht nur über Musik verbunden fühlen, sondern auch durch die gleichen Drogen. Da gab es zwei Freunde, mit denen trank ich gerne Alkohol. Okay, ja, der Musikgeschmack war ganz anders, aber verdammt, wir tranken. Doch auch da verlor ich irgendwann den Anschluss. Ich wollte immer mehr und schneller trinken, sie nur gemütlich. Wenn man trinkt, sollte man es auch im Kopf spüren. Kurz vor dem Kotzen, wenn es warm wird im Magen und Hals, wenn sich langsam alles dreht, wenn man die Augen schließt, dann ist gut.

Die Freundschaft hielt ein paar Jahre. Was will man mehr? Dann kam das Kiffen. Das war das erste Mal, dass ich wirklich viele Leute kannte, die das selbst machten wie ich. Verdammt, gibt es viele Kiffer. Schon lustig, dass das beliebteste Rauschmittel illegal ist. Natürlich kannte ich die Leute nicht von mir aus. Es war mein kleiner Bruder, der die Leute kannte. Er kannte viele, Freunde und Freunde von Freunden. Die gingen immer noch hier und da auf Raves oder chillten einfach mit Gras am See bei uns in der Gegend. Und wenn Winter war, machten wir Hotbox. Die Zeiten waren schön, und ich will sie nie missen. Aber auch das verlor ich irgendwann den Zusammenhalt. Die einen junkten sich weg mit anderem Zeug. Wie andere tankten neben dem Kiffen und gingen dann ganz zum Alk über. Und dann gab es auch die, die aufhörten.

Ich hatte viele Musikstile in meinem Leben, ob es Rap, Punk oder Elektronik war. Genau so viele verschiedene Drogen hatte ich mir auch gegeben und war abhängig geworden von ihnen. Man soll sich selbst doch ausprobieren in den unterschiedlichsten Rollen und Gestalten. Ich war jung und wild, drauf und hier und da nüchtern. Trotz allem habe ich eine gute Ausbildung gemacht. Ich gehe arbeiten und das auch gerne. Ich kiffe nicht mehr und auch kein braunes oder weißes Zeug kommt in meine Nähe. LSD habe ich nach 7 Trips an einem Abend auch an den Nagel gehängt. Jetzt trinke ich nur noch, langsam und nicht bis zum Randpunkt. Musik höre ich alles, bunt durchgemischt, so wie mein Leben auch war bis jetzt. Bunt durchgemischt. Ich hatte Frauen, Sex und Rock'n'Roll, auch ohne bekannt zu sein. Wahrscheinlich bin ich den meisten nicht mal mehr im Gedächtnis. Nur eine Randfigur in ihren Lebensgeschichten. Aber auch ich kann nicht über alle schreiben. Entweder weil ich nicht will oder weil auch ich nicht alle bis zu ihrer Gänze wahrgenommen habe. That Life. Viele trifft man, aber nicht von jedem bleibt der Name hängen.

Zwei Brüder

Zwei Brüder, die nicht viel gemeinsam haben außer ihre Mutter. Für den Vater hat es nicht gereicht. Diese beiden waren unterschiedlich wie Tag und Nacht. Der eine tat sich leicht in der Schule, der andere hatte immer Probleme. Der eine tat sich leicht im zwischenmenschlichen Bereich, der andere tat sich schwer. Jeder unterschiedlich und doch eine gemeinsame Vergangenheit, eine vergangene Kindheit. Jetzt sind beide erwachsen und sind noch immer so unterschiedlich. Der eine will Geld, der andere die Liebe, die er sich nicht kaufen kann. Der eine raucht Gras, der andere trinkt bis ins Koma.

Der Jüngere hatte immer zu dem Älteren aufgeschaut. Er hat ihn kopiert, seine Musik, seine Kleidung. Sogar seine Schuhe hat er angezogen, wenn sein Bruder ein anderes Paar trug. Für den Jüngeren war der Ältere sein Vorbild. Es gab nichts Größeres als seinen älteren Bruder. Doch eben dieser hasste das alles. Hasste seinen jüngeren Bruder. Natürlich war das nicht immer so, denn als die beiden sehr jung waren, konnte sich der Ältere nichts Besseres vorstellen als seinen kleinen Bruder. Mit ihm aufwachsen, mit ihm nachts zu jagen, mit ihm die Welt zu entdecken. Doch die Pubertät ändert so einiges. Er wurde eifersüchtig auf den Jüngeren, auf die

Aufmerksamkeit, die er bekam, auf die Liebe, die ihm verwehrt blieb.

Keine Sorge, die beiden sollten noch zueinander finden. Es sind Brüder, und das hier ist eine Hollywood-Geschichte. Also ein gutes Ende. Viele Jahre stritten sie nur. Meistens provozierte es der Ältere der beiden. Er konnte gar nicht anders, denn er dachte, nur so würde man ihn sehen. Er schlug ihn, redete ihm Lügen ein und machte ihm Angst. Daran sollte der Ältere immer wieder in seinem Leben denken, egal wie alt er sein würde. Er würde immer wissen, dass er sich so richtig falsch benommen hatte. Aber eben, es gab eine Zeit, da liebte er ihn. Es gab eine Zeit, da wollte er nur mit ihm die Welt entdecken. Schließlich war er sein kleiner Bruder. Er musste ihn beschützen, vor allem musste er ihn vor sich selbst beschützen. Denn er war ein Arsch, so richtig neben der Spur. Nichts half ihm mit seinem Hass, den er auf seinen kleinen Bruder projizierte.

Doch dann kam der 16. Geburtstag des Jüngeren. Es war eine Nacht wie sie nur einmal im Leben vorkommt. Der Ältere nahm ihn mit in mehrere Lokale. Sie tranken und redeten, dann ein neues Lokal, sie tranken und redeten, lachten auch, und dann wieder ein neues Lokal. Bei der Heimfahrt sagte der Ältere: "Ich hab dich sehr lieb." Und er meinte es auch so. Denn er hatte eines erfahren. Sein

Bruder hatte einen besseren Musikgeschmack als er selbst. Und so was konnte es in der Welt des Älteren nicht geben. Doch er hasste ihn nicht dafür, er bewunderte ihn dafür. Während der Ältere auch einen Musikgeschmack hatte, der nicht dem Mainstream entsprach und nicht mit der öffentlichen Meinung übereinstimmte, was gute Musik ist, war sein kleiner Bruder anders. Da sah er das erste Mal, oder besser gesagt, seit seiner frühen Kindheit wieder: Sein Bruder war einzigartig, und er liebte ihn.

Der jüngere Bruder hörte nicht nur die Sachen des Älteren, er hatte auch ganz andere Sachen in seiner Playlist. Der Ältere war sich nie bewusst, was er alles lernen konnte vom Jüngeren. Dieser hatte eine Art, die Dinge anzugehen, die der Ältere sich nur wünschen würde. Er lachte viel und hatte Spaß am Leben und der Sinnlosigkeit, dessen war sich der Ältere sicher. Ja, so viele Jahre ist dieser Abend des 16. Geburtstags des Jüngeren Bruders jetzt her. Und noch immer sitzen sie zusammen. Wäre dieser Abend nicht so gelaufen, wie er eben war, wer kann sagen, dass sie noch einmal zueinander gefunden hätten.

Der eine kifft viel, der andere trinkt bis ins Koma. Beide haben ihre Leben, nebeneinander und doch verbunden durch eine Mutter; ihr Vater ist die Musik. Die Musik, durch die sie an so vielen Abenden berauscht unterwegs waren und Spaß hatten. Eine Geschichte für immer geschrieben. Denn wenn einer geht, raucht der andere für ihn mit oder der eine trinkt für ihn mit.

Charlie

Ich war eine Zeitlang nicht zu Hause. War weg. Im Krankenhaus. Konnte mich nicht mehr um mich kümmern. Alles schien so sinnlos zu sein. Als ich dann nach einigen Wochen wieder zu Hause ankam, war alles so leer. Meine Innenwelt war zerstört, meine Wohnung auch nicht gerade ein schöner Ort. Es war Schwarz in Schwarz. Ich blieb eine lange Zeit alleine, ging nicht viel hinaus und traf wenige bis keine Leute. Am Abend dann immer zu Hause. Ich hatte keinen Job und trank sehr viel. Im Krankenhaus schafften sie es nur so weit, dass man sich selbst nichts antut. Aber wie das Leben danach aussehen soll, sagen sie dir nicht. Und so blieb mir nicht viel übrig. Ich trank. Und trank. Die Tage vergingen, und ich hatte immer mehr eine Gewohnheit etabliert, die mir nicht guttat. Auch vor dem Krankenhaus hatte ich solche Angewohnheiten. Es reduzierte sich jetzt sehr aufs Trinken. Vor den anderen Drogen hatte ich Angst, Angst, dass ich nicht mehr aufhören konnte. Aber bei Alkohol ist das so, wenn man zu viel trinkt, schläft man ein. Ich zumindest. Und ja, ich schlafe gut auf Alkohol. Der nächste Tag ist anstrengend, aber nicht, wenn man weitertrinkt. Man sollte eigentlich nie aufhören damit.

Aber es kam anders. Ich versuchte etwas zu suchen. Ich war immer ein Suchender und ein

Süchtiger. Ich wollte mich selbst lieben. Ich konnte es nicht. Ich wollte mich um mich kümmern. Ich konnte es nicht. Alles, was ich anfing, ging schief. Uni nicht abgeschlossen. Beziehung beendet. Freunde verloren. Und die Sache mit der Sucht war tief in mir verankert. Ich wollte mich zerstören. Dabei wollte ich eigentlich nur Liebe. Und ich wollte eigentlich jetzt damit anfangen.

Das Krankenhaus hat mir einiges gezeigt. So genau, was das war, weiß ich nicht mehr, denn sie hatten mich ziemlich mit Medikamenten zugedröhnt. Die Zeit verging nur so im Flug, und alles, an was ich mich zu erinnern glaube, liegt im Nebel. Es ist schon einige Zeit vergangen seit diesem Aufenthalt. Jahre mittlerweile. Viele Jahre. Und doch ist dieses Gefühl von damals so präsent. Ich will nie wieder so werden, und so musste ich lernen, mich um mich zu kümmern. Es war nicht einfach, wirklich nicht. Es gibt nicht viele Dinge, die schwieriger sind, als sich so zu akzeptieren, wie man ist.

Ich fing an zu schreiben, auch wenn ich schon in der Volksschule einen Vierer in Deutsch hatte und Legasthenie habe. Das hielt mich nicht davon ab. Für mich ist es Therapie.

Aber in diese Geschichte geht es nicht um mich, sondern um Charlie!

Charlie hatte sicher kein leichtes Leben. Als ich ihn kennenlernte, war er eingesperrt. Ich kannte das Gefühl. Charlie war sehr jung. Er war eigentlich allein. Keiner, der sich um ihn kümmerte. Also ja, dachte ich. Ich kann mich nicht um mich kümmern, aber um ihn werde ich mich kümmern. Da kann kommen, was will. Ich will Verantwortung lernen und viel riskieren dabei. Wenn es schief geht, ist nicht nur mein Leben für die Katz, sondern auch seins.

Charlie ist eine orange-weiße Katze. Ich traf ihn im Tierheim und nahm ihn mit. Eigentlich hätten sie mir nie dieses Tier geben dürfen. Ich trank zu viel, rauchte zu viel, hatte keinen Job und schaffte es kaum, mir die Zähne zu putzen, geschweige denn duschen zu gehen. Aber ja, ich durfte ihn mitnehmen. Und um euch zu beruhigen: Charlie wird diesen Sommer 10 Jahre alt, und es geht ihm sehr gut! Er hat mir das Leben gerettet, irgendwie. Natürlich weiß ich, dass ich viel dazu getan habe, dass ich jetzt eine sehr liebevolle Freundin habe und einen super Job. Ich habe viele Hobbys etabliert und trinke vicl weniger. Mein Leben hat sich in die richtigen Bahnen bewegt. Trotzdem wollte ich hier und jetzt mit Zeit nehmen, etwas über Charlie zu schreiben.

Er bedeutet mir sehr viel! Er ist so ein kleiner Schlingel. Immer hat er ein Unsicht im Kopf, den er aushecken will. Aber er kümmert sich auch um die Insekten in der Wohnung. Sehr verschmust ist er nicht, aber man kann ihn gut zu sich holen, und dort bleibt er dann auch eine Zeit lang. Manchmal schleckt er meinen Bart ab für 10 bis 15 Minuten. Fellpflege sozusagen. Wir haben auch nicht so gute Zeiten durchgemacht. Einen Zahn haben wir schon ziehen lassen müssen, und er hatte schon 2 Blasenentzündungen. Einmal hatte er einen Harnkristallstein in der Harnröhre, sodass er nicht mehr aufs Klo konnte. Der Katheter, den er für ca. 5 Tage hatte, musste ich dreimal am Tag öffnen für eine gewisse Zeit, damit alles abrinnen konnte. Es war eine fürchterliche Sauerei. Auch wenn es sich nur aufs Bad beschränkte, da ich in der Pflicht für die Zeit eingesperrt war. Viel Spaß hat das nicht gemacht. Und es ging ihm wirklich nicht gut. Circa drei Jahre danach kamen die Ärzte durch mehrere Untersuchungen drauf, dass er eine Autoimmunerkrankung hat. Seitdem gebe ich ihm jeden Tag eine Tablette. Aber er ist so herzenslieb. Er nimmt sie vollkommen freiwillig. Könnte natürlich daran liegen, dass er so verfressen ist.

Was diese Katze sich schon alles erbeutet hat. Liebevoll nennen meine Freundin und ich ihn: die Diebeskatze. Einmal hat er sich eine riesige Kartoffel, die zum Auskühlen im Topf lag, geklaut. Es war ein Bild für Götter, wie er da so mit der Kartoffel im Mund versuchte, wegzurennen. Und ja, er ist schnell. Hat eine

Weile gedauert, bis ich ihm die wieder weggenommen habe.

Es gab auch Zeiten, in denen ich nicht viel zu Hause war, wegen der Arbeit, da ich Schichten hatte, und das am Wochenende und auch nachts. Es war keine leichte Zeit für uns beide. Er war allein, und ich dachte sehr viel an ihn. Er bedeutet mir alles. Ich will, dass es ihm gut geht.

Und eines hat mir das ganz deutlich gezeigt: Wenn ich für ihn da sein will, muss ich mich um mich kümmern. Man kann nur aus einem vollen Glas ausschenken, wie mir eins meine Freundin sagte. Und sie hat vollkommen recht. Ich lernte durch das Kümmern um ihn, wie ich auch auf mich schaute. Und es läuft sehr gut bis jetzt. Nicht jeden Tag gleich gut, aber alles in allem sehr gut!

Ich habe immer eine Scheibe vom Frühstückslachs für dich übrig, Charlie! Bleib, wie du bist! Ich liebe dich sehr! Und danke für alles!

Zombie

Wir alle leben, und doch sind wir tot. Tote, die herumwandern. Sandra ist dabei keine Ausnahme. Sie gehört zu der Generation der Menschheitsgeschichte, die nicht mit dem Kaffee und der Zigarette aufsteht, sondern mit dem Handy. Es muss alles dokumentiert werden: das Zähneputzen, das Schminken, das Anziehen und der Schulweg. Es ist eine andere Art von Abhängigkeit, die sich in unserer Welt zeigt: die mobile Abhängigkeit. Sie macht süchtig wie Kokain und kann so zerstörend sein wie Glücksspiel.

Sandra ist ein durchschnittliches Mädchen. Sie hat durchschnittliche Noten und auch durchschnittliche Eltern. Alles könnte so normal sein. Doch sie sieht im Internet immer Leute, die besser sind als sie. Reicher, schöner, schlanker, vernetzter und auch erfolgreicher. Wenn man sucht, findet man immer einen, der besser ist als man selbst. Dabei vergisst man seinen eigenen Wert. Und so kam es dazu, dass Sandra hungerte. Ihre Eltern bekamen nicht viel mit. Sie waren mit anderen Dingen beschäftigt. Sandra wurde schöner und beliebter. Das musste sie auch aufrechterhalten. Sie machte Fotos von sich zu wirklich jeder Situation.

Während andere Leute eine Therme zum Beispiel aufsuchen, um zu entspannen, ging es ihr nur darum, Fotos von sich im Bikini zu machen und darunter zu schreiben, wie sehr sie den Aufenthalt in der Therme genießt. Dabei hatte sie eigentlich keinen Mehrwert von dem Besuch. Sie entspannte nicht. Sie ging ins Wasser nur, um dort Fotos zu machen. Dort ein Foto, hier ein Foto.

Am Abend dann, nach dem hundertsten Foto, waren zwei oder drei dabei, die Sandra schön fand. Aber nicht schön genug für den kritischen Blick der ganzen Welt. Also noch ein bisschen Zeit in die Bearbeitung der Bilder investieren. Dann musste sie ja ihren Traum verwirklichen können: reich und schön, erfolgreich und beliebt. So will doch jeder sein, dachte sie sich. Und ja, wir alle würden glaub ich den Schönen, auch wenn das Ansichtssache ist, vor dem Schirchen Körper nehmen. Lieber beliebt und erfolgreich sein als ein Nobody und arm. Leider zeigt Sandra niemand, dass es auf mehr ankommt im Leben. Wie man handelt und was man tut, ist viel wichtiger als alles, was diese Zombie-Internet-Generation macht.

Doch Sandra war nicht so weit. Sie versuchte krampfhaft ein Bild aufrechtzuerhalten, welches sie vermitteln wollte von sich. Sandra war jung, natürlich. Wenn wir jung sind, machen wir alle komische Sachen.

Ich bin Sandras Vater, ein durchschnittlicher Mann, der eine durchschnittliche Ehe führt. Ich wünschte, ich könnte ihr sagen, wie wichtig sie für mich ist. Und auch für ihre Mutter. Sie soll sein, wer sie ist. Bleiben so, wie sie ist. Solange sie nur glücklich ist.